# Analyse de l'œuvre

Par Ivan Sculier et Alexandre Randal

# Claude Gueux

## de Victor Hugo

# Rendez-vous sur lepetitlitteraire.fr et découvrez :

Plus de 1200 analyses
Claires et synthétiques
Téléchargeables en 30 secondes
À imprimer chez soi

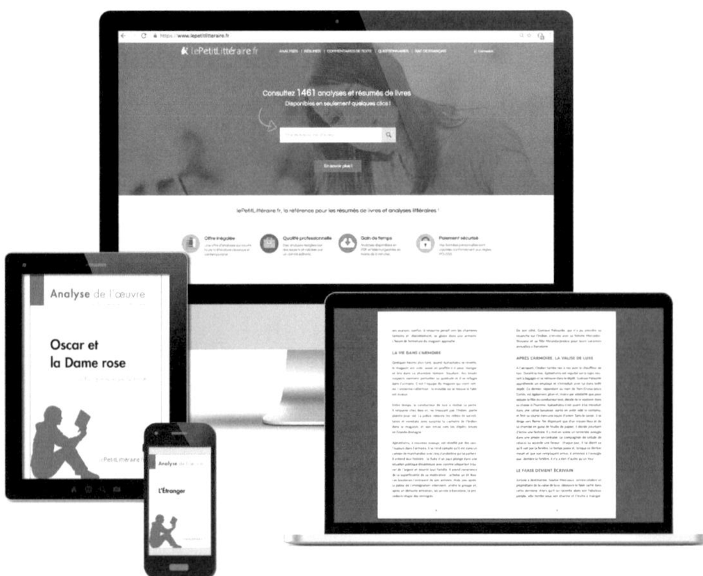

**VICTOR HUGO** 1

**_CLAUDE GUEUX_** 2

**RÉSUMÉ** 3

**ÉTUDE DES PERSONNAGES** 6

Claude Gueux

Albin

Le directeur

**CLÉS DE LECTURE** 10

La peine de mort au XIXe siècle

Un apologue : le récit comme support
au discours

Un narrateur de chair et de sang

Un plaidoyer en faveur des déshérités

**PISTES DE RÉFLEXION** 18

**POUR ALLER PLUS LOIN** 21

# VICTOR HUGO

## POÈTE, DRAMATURGE, ROMANCIER ET HOMME POLITIQUE FRANÇAIS

- **Né en 1802 à Besançon**
- **Décédé en 1885 à Paris**
- **Quelques-unes de ses œuvres :**
  - *Hernani* (1830), pièce de théâtre
  - *Notre-Dame de Paris* (1832), roman
  - *Les Misérables* (1862), roman

Homme de lettres aux talents multiples, Victor Hugo est l'écrivain emblématique du romantisme français. Élu chef de file des romantiques, il n'en mène pas moins une vie politiquement engagée, intervenant dans de grandes causes comme l'abolition de la peine de mort. Durant le Second Empire (1852-1870), il est contraint à l'exil (1851-1870) à Jersey, puis à Guernesey où il écrit notamment *Les Misérables*.

À sa mort en 1885, la République lui organise des obsèques nationales et il est célébré par le peuple comme le plus grand écrivain français.

# *CLAUDE GUEUX*

## LA PEINE DE MORT EN QUESTION

- **Genre :** roman
- **Édition de référence :** *Le Dernier Jour d'un condamné* suivi de *Claude Gueux* et de *L'Affaire Tapner*, Paris, Le Livre de Poche, coll. « Les Classiques de Poche », 1990, 303 p.
- **1re édition :** 1834
- **Thématiques :** prison, peine de mort, culpabilité, pauvreté, jugement

*Claude Gueux* est une œuvre parue en 1834 basée sur un fait réel et qui s'inscrit dans la continuité d'un autre roman de Victor Hugo : *Le Dernier Jour d'un condamné* (1829). En effet, les deux œuvres traitent de l'histoire d'un détenu et de son séjour en prison jusqu'à son exécution finale. En outre, toutes deux font office de réquisitoire contre la peine de mort.

Le roman est divisé en deux parties successives et distinctes : on trouve un récit illustratif dans la première partie, qui sert de mise en contexte et de point de départ à la seconde partie, qui consiste quant à elle en une réflexion sur la société.

# RÉSUMÉ

Claude Gueux, ouvrier parisien de basse condition et père de famille, est poussé par les circonstances à voler pour survivre. Il est arrêté et envoyé à la maison centrale de Clairvaux où il passe ses nuits dans un cachot et ses journées dans un atelier. Taciturne et pensif, il endure sa nouvelle condition sans se plaindre et sans se laisser abattre.

L'atelier est dirigé par un directeur tyrannique et mauvais, entêté et bête. Tous les ouvriers du centre le redoutent. Le directeur raconte un jour à Claude Gueux, selon lui pour le consoler, que sa femme est devenue une prostituée et que l'on n'a aucune nouvelle de son fils : cela n'aura pas pour effet de réconforter le prisonnier.

Néanmoins, celui-ci tient bon et, bientôt, son aura est telle qu'il inspire à tous les autres prisonniers admiration et respect. Cela lui attire par conséquent la haine et la jalousie des geôliers, d'autant plus qu'il aide souvent le directeur à rétablir le calme au sein de la prison en cas de désordre.

Claude Gueux, d'ordinaire grand mangeur, est sous-alimenté et commence à dépérir, mais ne s'en plaint pas. Un jour, Albin, un autre prisonnier, vient lui proposer la moitié de sa ration de pain car celle-ci est trop copieuse pour lui seul. Ce geste, à force de se répéter, lie d'amitié les deux hommes.

Bientôt, le directeur décide de transférer Albin dans un autre quartier de la prison pour le séparer de Claude. Lorsque

Claude l'interroge sur sa décision, il refuse de changer d'avis car il ne revient jamais sur une décision prise. Il se contente de justifier son acte par un « parce que ». Claude réitère sa demande chaque soir, mais le plus souvent, le directeur ne prend même pas la peine de lui répondre.

Un dimanche, Claude reste immobile plusieurs heures d'affilée dans le préau. Lorsque l'un de ses camarades lui demande ce qu'il fait, il répond qu'il juge quelqu'un. À la suite de cela, Claude réclame une fois de plus au directeur qu'Albin revienne dans le quartier de la prison qu'il occupe. Comme à son habitude, le directeur refuse. Claude lui lance alors un ultimatum de neuf jours au terme desquels son compagnon doit lui avoir été rendu. Le directeur n'y prend pas garde.

Le matin du dixième jour, Claude sort une paire de ciseaux et annonce à un autre détenu que le soir même, ceux-ci lui serviront à couper les barreaux de la prison. Ensuite, il se procure une hache pour exécuter le directeur.

Une fois seul avec les autres prisonniers, Claude Gueux fait un discours expliquant son projet de tuer le directeur et les raisons qui l'y poussent. Il leur demande ensuite s'ils ont des objections. L'un d'entre eux lui suggère de renouveler une dernière fois sa demande. Claude accepte.

Une fois le moment venu, Claude implore le directeur et agrémente cette fois sa demande d'un petit discours. Mais le directeur ne se montre pas plus coopératif qu'à l'ordinaire. Claude l'assassine alors de plusieurs coups de hache. Il tente ensuite de mettre fin à ses propres jours en se perçant le cœur avec ses ciseaux, mais sans succès.

Après avoir passé plusieurs mois entre la vie et la mort, il finit par guérir de ses blessures. Il peut alors être jugé. Lors du procès, Claude Gueux ne fait rien pour atténuer sa responsabilité. Il veille à ce que les faits soient établis avec la plus grande véracité. Il encourage même les autres détenus, témoins de la scène, à parler. Il prend ensuite la parole et tient un discours long et éloquent pour dénoncer les injustices morales et sociales dont il a été victime durant sa vie et son incarcération.

La sentence prononcée à son encontre est la peine de mort. Avant son exécution, il embrasse le prêtre et le bourreau, mais ce dernier le repousse doucement. Il lègue ses ciseaux à Albin et remet au prêtre une pièce de cinq francs dont une sœur lui avait fait cadeau, afin qu'elle serve aux pauvres. Il conserve sa dignité jusqu'au dernier instant.

Le récit en tant que tel s'achève là, mais il est suivi d'une réflexion de l'auteur sur la peine de mort et les faiblesses de la société du XIX<sup>e</sup> siècle, à savoir l'éducation et le manque d'efficacité du système judiciaire. Hugo s'adresse directement à ceux qu'il estime être les responsables des problèmes : les ministres, les députés et les législateurs. Il déplore l'inutilité de leurs débats, à l'heure où le peuple souffre et croule dans la misère. Il condamne le bagne et la peine de mort. Il encourage le travail et voit l'éducation comme une solution à la pauvreté.

# ÉTUDE DES PERSONNAGES

## CLAUDE GUEUX

Claude Gueux a bel et bien existé. C'est un personnage réel qui fut contemporain de Victor Hugo. Son histoire a figuré dans les faits divers d'un périodique, inspirant à l'auteur le roman en question : Claude Gueux, ouvrier parisien marié et père de famille, est emprisonné après avoir volé pour nourrir les siens lors d'un hiver difficile.

Victor Hugo s'est permis d'arranger la vérité afin d'embellir l'histoire : les délits de Claude Gueux auraient vraisemblablement été plus graves que ce simple petit vol. En revanche, son aura auprès des autres détenus semble effectivement avoir été importante, d'après le témoignage conservé du directeur de la prison.

Si, d'emblée, Claude Gueux avait été montré comme un criminel, jamais l'auteur n'aurait pu l'utiliser comme prototype de l'homme du peuple courageux et sans éducation, mais qui a la vie dure à cause des défauts de la collectivité, et en faire le symbole du martyr de la société.

Protagoniste central de l'œuvre, Claude Gueux est dans un premier temps peint par Hugo comme un homme sage, digne et impassible. Jamais il ne s'énerve ; chacune de ses paroles est pesée. Il représente la conscience des individus qui se révèle et se dévoile petit à petit. Cela se ressent dans l'attitude des autres détenus lorsqu'ils sont face à lui : ils font preuve de respect, voire d'admiration, et même d'obéissance. En cela, le personnage de Claude Gueux préfigure celui de Jean Valjean, protagoniste des *Misérables*, œuvre qui paraitra en 1862, c'est-à-dire presque trente ans plus tard.

À la fin du récit, le lecteur découvre chez Claude Gueux un nouveau visage, celui du tueur. Hugo ne présente donc pas ici le monde avec un esprit manichéen (distinguant nettement les bons des mauvais). Néanmoins, la dignité du personnage est sauve car il justifie son acte par la raison, par sa conception de la justice.

Claude Gueux possédait trois choses au sein de la prison : un ami, Albin ; un livre, *Émile* de Jean-Jacques Rousseau (écrivain et philosophe genevois, 1712-1778) – mais, ne sachant pas lire, il n'en avait aucune utilité ; et une paire de ciseaux de couture ayant appartenu à sa femme. Après avoir annoncé à un des détenus qu'il couperait les barreaux de la prison avec ces ciseaux, il les utilise pour tenter de se suicider. La phrase était métaphorique : il a voulu couper les barreaux de la prison que formait son corps pour laisser s'évader son âme.

### ÉMILE OU DE L'ÉDUCATION

Cette œuvre majeure de Jean-Jacques Rousseau, parue en 1762, se présente sous la forme d'un roman pédagogique qui s'intéresse à la question de l'influence de la nature et de la culture chez l'être humain. D'entrée de jeu, le philosophe écrit : « Tout est bien sortant des mains de l'Auteur des choses, tout dégénère entre les mains de l'homme. » (premières lignes du Livre Premier) Ainsi sont résumées les vues de Rousseau quant à la bonté originelle de l'homme, qui se voit peu à peu corrompu par la société. Partant de ce postulat, il développe une théorie de l'éducation visant conserver la part de nature chez l'enfant, afin d'en faire un homme bien élevé, qui sache vivre selon son cœur.

Cet ouvrage n'est que mentionné par Hugo dans *Claude Gueux*, dont le héros, bien que possédant l'*Émile*, ne sait pas lire. Et pourtant, ce détail est remarquable en ce qu'il rappelle la vision similaire des deux auteurs (Hugo et Rousseau) sur les travers de la société, ainsi que la solution proposée par Hugo pour lutter contre cet état de fait : une éducation mieux pensée et plus largement dispensée.

## ALBIN

Albin incarne l'amitié. Encore adolescent, il est frêle, faible et innocent. Lui aussi est enfermé pour avoir volé. Si Claude est réservé, Albin est quant à lui timide. En ce sens, son prénom est déjà significatif : du latin *ulbus*, ce qui signifie « blanc », il renvoie aux idées de candeur et de simplicité. Victor Hugo ne développe pas profondément la personnalité de ce personnage, insistant davantage sur le type de lien qui unissait les deux hommes.

Albin est également un personnage réel : il a été un soutien essentiel pour Claude lors de sa captivité, et le directeur de la prison les a effectivement séparés. Ce qu'Hugo ne précise pas dans son roman, c'est qu'ils auraient en fait entretenu des rapports homosexuels.

Dans le roman, leur lien prend progressivement l'aspect d'une relation de paternité. Claude, bien plus âgé que son compagnon, fait office de figure paternelle pour ce dernier.

## LE DIRECTEUR

Le directeur de l'atelier de la prison incarne le fonctionnaire aux idées corrompues par la société. Égoïste, tyrannique et vide d'émotions, il s'oppose en de nombreux points au protagoniste principal :

- il est le mauvais alors qu'il est du côté de la justice de l'État, tandis que Claude Gueux est le héros alors qu'il est du côté des hors-la-loi ;
- l'un représente l'autorité officielle, soutenue par la force, l'autre l'autorité naturelle, soutenue par les idées. L'un incarne le pouvoir temporel, l'autre le pouvoir spirituel ;
- le directeur, ainsi que les autres geôliers, voient d'un mauvais œil l'aura dégagée par Claude au sein de la prison. Ils jalousent son autorité naturelle.

# CLÉS DE LECTURE

## LA PEINE DE MORT AU XIXᴱ SIÈCLE

La peine de mort, sentence visant à ôter la vie d'un accusé rendu coupable aux yeux de la société, a été pratiquée dans presque toutes les civilisations humaines. Mais l'opinion sociale sur ce sujet a considérablement évolué au fil du temps. Dans nos régions, ce n'est qu'à l'époque des Lumières (xviiiᵉ siècle) qu'elle commence à être mal vue et remise en cause, suite à la Révolution française (1789) et aux excès de la Terreur (10 août-20 septembre 1792 et 5 septembre 1793-28 juillet 1794).

Le premier débat parlementaire en France sur la question de l'abolition de la peine capitale a lieu en 1791. Deux ans plus tard, l'exécution de Louis XVI (1754-1793) sème le doute dans les esprits quant au fondement de cette sentence. Ce mouvement de remise en question de la peine capitale prend de l'ampleur au cours du xixᵉ siècle, de telle sorte que l'on peut commencer à parler de mouvement abolitionniste. De nombreuses années seront encore nécessaires pour qu'elle soit tout à fait abolie, mais son application diminue progressivement à partir de cette époque :

- en 1810, il ne reste « plus que » 36 crimes punissables de peine de mort. C'est encore beaucoup, certes, mais on observe déjà une amélioration ;
- en 1830, Lamartine (poète français, 1790-1869), récemment élu à l'Académie française, rejoint la lutte aux côtés de Victor Hugo. Il rédige un poème intitulé *Contre la peine*

*de mort* et participe à différents débats politiques sur le sujet ;

- en 1848, la peine de mort est abolie en matière politique. Le vote est remporté avec une large majorité. Dans la foulée, Hugo tente d'obtenir l'abolition totale de la sentence, en vain ;
- ce n'est qu'en 1981 que la peine de mort est définitivement abolie en France. Tous les autres pays de la Communauté européenne l'avaient déjà abandonnée plus tôt.

Victor Hugo est l'un des premiers écrivains à s'être à ce point dressé contre la peine capitale. Il semblerait que cet engagement lui ait été inspiré à la suite d'un ou de plusieurs évènements traumatiques de sa jeunesse. Dès lors, tout au long de son existence, il se montre un farouche défenseur de l'inviolabilité de la vie humaine. C'est l'un des seuls débats pour lesquels il n'a jamais changé de position. Il associe ce combat à celui contre l'ignorance, considérant cette sentence comme le signe de l'absence de civilisation : « La peine de mort est le signe spécial et éternel de la barbarie. » (Discours du 15 septembre 1848 devant l'Assemblée nationale constituante) Pour Victor Hugo, la peine capitale est un meurtre. Elle va à l'encontre de l'idéal démocratique.

L'écrivain utilise d'abord la littérature pour faire passer son message et, en 1829, il publie *Le Dernier Jour d'un condamné*. Suite à cela, l'abolition de la peine de mort est débattue au Parlement, mais rejetée. C'est alors qu'Hugo se rend compte que la littérature n'est pas un médium suffisant pour faire passer ses idées. Il multiplie alors ses outils : discours politiques, pétitions, articles de presse, théâtre, etc. Pour lui, tous les moyens sont bons lorsqu'on se bat pour une juste cause.

## LA PEINE DE MORT EN 2015

En 2015, plus de 1 634 personnes ont été exécutées dans 25 États à travers le monde. Pourtant, il y a actuellement 102 pays, soit plus de la moitié des pays dans le monde, qui ont pleinement aboli la peine de mort. Néanmoins, la peine capitale est encore maintenue dans 58 États ou territoires. En Europe, le seul à recourir encore à cette sentence est la Biélorussie ; mais même si deux nouvelles condamnations à mort ont été prononcées en 2015, aucune exécution n'y a été enregistrée.

Selon un rapport d'Amnesty International, 2015 a été l'année durant laquelle le plus d'exécutions ont été réalisées depuis ces vingt dernières années. Trois pays ont provoqué cette augmentation significative : l'Arabie saoudite, l'Iran et le Pakistan. Ces trois États réunissent 89 % des exécutions mondiales, faisant de la région du Moyen-Orient et de l'Afrique du Nord les lieux où le recours à la peine de mort est le plus répandu. Pas moins de 1 196 exécutions y ont été recensées en 2015, soit une augmentation de 26 % par rapport à l'année précédente. À titre d'exemple, il y a eu en Iran 977 condamnations à mort en 2015, ce qui représente 82 % des exécutions commises dans la région.

Par ailleurs, toujours selon l'organisme de lutte pour les droits humains, des milliers de personnes sont probablement tuées légalement en Chine sans qu'aucune information à ce sujet ne soit disponible.

Heureusement, il existe tout de même un certain espoir, car quatre pays ont aboli la peine capitale en 2015 : le Suriname, les iles Fidji, la République du Congo et Madagascar. C'est la raison pour laquelle la tendance montre qu'à long terme, l'usage de cette sentence tend à décroitre.

Une carte interactive du monde à ce propos peut être consultée à l'adresse suivante : http://www.peinede-mort.org/zonegeo/monde.

## UN APOLOGUE : LE RÉCIT COMME SUPPORT AU DISCOURS

L'histoire de Claude Gueux est un fait divers servant de base au roman. Elle est le point de départ d'une réflexion sur la culpabilité : est-ce Claude Gueux la victime du directeur ou l'inverse ? Claude Gueux est-il le seul responsable de son crime ou faut-il aussi blâmer la société ? La réflexion de Victor Hugo porte également sur la sentence : en quoi la peine de mort est-elle une solution ?

### La question de la culpabilité

Claude Gueux accepte et supporte avec calme et résignation ses peines, aussi bien son enfermement pour vol que sa mise à mort, car celles-ci sont justifiées. En revanche, il refuse de se soumettre à celle qui le prive d'Albin, car elle est injuste. Il cherche alors à réparer l'injustice.

Dans un premier temps, il demande au directeur qu'on lui rende son ami, en vain. Il estime donc qu'il faut punir le coupable et procède lui-même à un jugement avant de condamner à mort le directeur. Il soumet aux autres prisonniers sa décision afin d'entendre leurs avis sur la question. Notons qu'avant l'exécution du directeur, Claude Gueux lui laisse une ultime chance de se rattraper.

Suite au meurtre, c'est à son tour d'être condamné à mort par un tribunal. Au terme du récit, Claude Gueux et le directeur ont tous deux été exécutés. Le résultat est donc identique. Seule la légitimité des deux exécutions diffère. En effet, l'une est légitimée par la justice de l'État, l'autre par l'émotion et l'éthique personnelle. Pour Hugo, éternel opposant à la peine capitale, les deux actes, quels que soient leurs motifs, sont injustifiés : tous deux équivalent au meurtre.

## La question de la sentence

Le récit est suivi d'une réflexion visant à pointer du doigt les problèmes de la société française du XIXe siècle. Cette réflexion est ancrée dans un contexte social précis. Les problèmes dénoncés sont multiples.

Claude Gueux est présenté comme quelqu'un de bon et d'intelligent : ce sont les injustices sociales qui l'ont poussé à devenir un hors-la-loi. Son vol n'a pas été motivé par la soif d'argent, ni par une inclination au mal, mais par la nécessité et la faim. Tandis que le peuple souffre, les autorités se perdent en débats futiles au lieu de chercher des solutions. Claude Gueux s'est donc livré au crime pour sa survie et celle de sa famille.

Favorable à l'abolition de la peine de mort, Hugo ne se prive pas de critiquer cette sentence à travers l'exemple de Claude Gueux. À quoi bon unir justice et violence ? La mort d'un coupable ne répare pas sa faute et elle empire la situation sociale : « Mais si la peine de mort n'est pas juste, est-ce qu'elle est utile ? Oui, dit la théorie ; le cadavre nous laissera tranquilles. Non, dit la pratique ; car ce cadavre vous lègue une famille ; famille sans père, famille sans pain ; et voilà la veuve qui se prostitue pour vivre, et voilà les orphelins qui volent pour manger. » (*Le Dernier Jour d'un condamné*, préface, 1832)

Ainsi, Hugo, dans la lignée de Rousseau, présente l'exécution de Claude Gueux comme l'exemple le plus frappant de l'échec de la société.

Mais l'écrivain pousse sa réflexion plus loin. Il ne fait pas que dénoncer les problèmes, il propose aussi des solutions. Ainsi, il réclame que l'éducation soit mieux promue et que tout le peuple y ait accès, de telle sorte que, par après, chacun ait du travail et que la misère soit moins répandue. Il y voit la clé du problème : « Cette tête de l'homme du peuple, cultivez-la, défrichez-la, arrosez-la, fécondez-la, éclairez-la, moralisez-la, utilisez-la ; vous n'aurez pas besoin de la couper. » (p. 187)

## UN NARRATEUR DE CHAIR ET DE SANG

Tout au long du texte, Hugo est en position de narrateur externe. On dit qu'il est en posture de conteur. À de nombreuses reprises, il interrompt le cours du récit pour intervenir lui-même : « Arrivé là, on le mit dans un cachot pour la nuit et dans un atelier pour le jour. Ce n'est pas l'atelier que je blâme. » (p. 157) En outre, il ne s'agit pas d'un narrateur omniscient. En effet, il ne connait pas tout, comme le montrent certaines séquences : « L'homme vola. Je ne sais ce qu'il vola, je ne sais où il vola. » (p. 157)

Dans la seconde partie, Hugo change de posture et opte pour celle de moraliste, parlant en son nom et exprimant ses idées de manière personnelle et engagée.

En écrivant de la sorte, l'auteur se met lui-même en scène dans l'écriture, tant dans la première que dans la seconde partie du récit. Cela lui permet d'ancrer son texte dans le réel : il n'est pas un narrateur invisible, une conscience immatérielle, mais bien un être de chair et de sang qui prend position sur une histoire qu'il s'attache à présenter comme véritable. L'objectif est bien entendu de rendre son propos plus authentique, et donc plus crédible et plus convaincant.

Rappelons aussi que le roman a été achevé en 1834, c'est-à-dire au moment de l'essor du romantisme. En effet, c'est entre 1830 et 1840 que le romantisme connut ses plus beaux jours. Bien qu'il ne s'agisse pas d'une œuvre romantique en tous points, on peut ressentir l'influence du mouvement romantique dans les caractéristiques suivantes :

- l'héroïsme grandiose d'un protagoniste qui est pourtant déchu en fin de compte ;
- la marginalité du héros (c'est un voleur, un détenu et un meurtrier) ;

- la fausse objectivité du narrateur, qui lui permet de faire passer son message avec davantage de personnalité, de force et d'ironie (on l'a vu, Hugo, bien qu'en position de narrateur externe, interrompt son propre récit pour le commenter).

## UN PLAIDOYER EN FAVEUR DES DÉSHÉRITÉS

C'est donc sous une formation narrative, à l'inverse de l'introspection en « je » du *Dernier Jour d'un condamné*, que Victor Hugo a imaginé son plaidoyer contre la peine de mort et en faveur des déshérités. Ces derniers, tout comme Claude Gueux, sont amenés sur la pente du crime par besoin et non par envie. Il s'agit d'un engrenage fataliste qui démontre que dès que l'individu s'y retrouve pris, il lui est très difficile d'en sortir. L'école et le travail constituent les solutions pour que les citoyens les plus démunis ne restent pas dans leur misère en devenant des criminels. Claude Gueux, qui a initialement volé un pain, se retrouve pris dans cet engrenage puisqu'il est emprisonné et, à la suite du meurtre du directeur, est condamné à mort.

Cette détresse du peuple se retrouvera également chez Jean Valjean, le héros des *Misérables* (1862). Ce dernier, bien qu'emprisonné comme Claude Gueux, connaitra toutefois un tout autre destin que ce dernier car après sa sortie de prison et sa rencontre avec l'évêque de Digne, il change radicalement et décide de faire le bien autour de lui.

# PISTES DE RÉFLEXION

## QUELQUES QUESTIONS POUR APPROFONDIR SA RÉFLEXION...

- Quels sont les procédés utilisés par Hugo pour que le lecteur s'attache à Claude Gueux, qui est pourtant un criminel ?
- Pourquoi peut-on dire que Claude Gueux préfigure le personnage de Jean Valjean dans *Les Misérables* ?
- Qu'incarnent respectivement Claude Gueux et le directeur de la prison ?
- Selon Hugo, qui est responsable dans ce roman ? Qu'en pensez-vous ?
- « Cette tête de l'homme du peuple, cultivez-la, défrichez-la, arrosez-la, fécondez-la, éclairez-la, moralisez-la, utilisez-la ; vous n'aurez pas besoin de la couper. » Commentez cette phrase d'Hugo et exprimez votre avis.
- Claude Gueux possède un exemplaire de l'*Émile* de Rousseau. Pourtant, il ne sait pas lire. Selon vous, est-ce un hasard ?
- « La peine de mort est le signe spécial et éternel de la barbarie. » Commentez cette citation de Victor Hugo.
- Dans *Le Dernier Jour d'un condamné*, le narrateur est le personnage principal de l'histoire, le détenu. Ici, c'est un narrateur externe qui raconte l'histoire de *Claude Gueux*. Quelles différences cela implique-t-il ? Quels sont les effets des deux procédés ?
- En quoi le fait de s'engager dans les problèmes de la société de son temps comme le fait Hugo est-il représentatif du romantisme ?

- Connaissez-vous des auteurs contemporains qui utilisent eux aussi la littérature pour s'engager ? Comparez leur démarche avec celle de Victor Hugo.

*Votre avis nous intéresse !*
*Laissez un commentaire sur le site de votre librairie en ligne*
*et partagez vos coups de cœur sur les réseaux sociaux !*

# POUR ALLER PLUS LOIN

## ÉDITION DE RÉFÉRENCE


- Hugo V., *Le Dernier Jour d'un condamné* suivi de *Claude Gueux* et de *L'Affaire Tapner*, Paris, Le Livre de Poche, coll. « Les Classiques de Poche », 1990, 303 p.


## ÉTUDES DE RÉFÉRENCE


- « Carte mondiale de la peine de mort », in *Peine de mort.org*, consulté le 14 septembre 2016, http://www.peinede-mort.org/zonegeo/monde
- Delfosse G., « Claude Gueux, l'abolition de la peine de mort comme condition du droit ? », in *Revue interdisciplinaire d'études juridiques*, 2012, vol. 68, p. 225-254, consulté le 14 septembre 2016, www.cairn.info/revue-interdisciplinaire-d-etudes-juridiques-2012-1-page-225.htm
- « La peine de mort dans le monde », in *Amnesty International.fr*, consulté le 14 septembre 2016, http://www.amnesty.fr/peine-de-mort-2016?prehome=0
- « La peine de mort dans le monde », in *France Diplomatie*, consulté le 14 septembre 2016, http://www.diplomatie.gouv.fr/fr/politique-etrangere-de-la-france/droits-de-l-homme/peine-de-mort/la-peine-de-mort-dans-le-monde/
- Petry S., « L'exécution de Claude Gueux », in *Groupe Hugo*, consulté le 14 septembre 2016, http://groupugo.div.jussieu.fr/Groupugo/doc/90-04-28Petrey.pdf

## ADAPTATION

- *Claude Gueux*, téléfilm de Olivier Schatzky, dans la série *Contes et Nouvelles du xıxe siècle*, avec Samuel Le Bihan, France, 2009.

## SUR LEPETITLITTÉRAIRE.FR

- Commentaire de la préface de 1832 du *Dernier Jour d'un condamné* de Victor Hugo.
- Commentaire de la préface de *Cromwell* de Victor Hugo.
- Commentaire de la scène ıı de l'acte I de *Hernani* de Victor Hugo.
- Commentaire du chapitre VI du livre I de *Notre-Dame de Paris* de Victor Hugo.
- Fiche de lecture sur *Hernani*.
- Fiche de lecture sur *Le Dernier Jour d'un condamné* de Victor Hugo.
- Fiche de lecture sur *Les Misérables* de Victor Hugo.
- Fiche de lecture sur *L'Homme qui rit* de Victor Hugo.
- Fiche de lecture sur *Notre-Dame de Paris*.
- Fiche de lecture sur *Quatrevingt-Treize* de Victor Hugo.
- Fiche de lecture sur *Ruy Blas* de Victor Hugo.
- Questionnaire de lecture sur *Claude Gueux*.
- Questionnaire de lecture sur *Le Dernier Jour d'un condamné*.
- Questionnaire de lecture de *Quatrevingt-Treize*.

ISBN version numérique : 978-2-8062-1755-4
ISBN version papier : 978-2-8062-1262-7
Dépôt légal : D/2013/12603/386

Avec la collaboration d'Alexandre Randal pour les encadrés « *Émile ou De l'éducation* » et « La peine de mort en 2015 », ainsi que pour le chapitre « Un plaidoyer en faveur des déshérités ».

Conception numérique : Primento,
le partenaire numérique des éditeurs.

Ce titre a été réalisé avec le soutien de la Fédération Wallonie-Bruxelles, Service général des Lettres et du Livre.

# Retrouvez notre offre complète sur lePetitLittéraire.fr

- des fiches de lectures
- des commentaires littéraires
- des questionnaires de lecture
- des résumés

---

**ANOUILH**
- Antigone

**AUSTEN**
- Orgueil et Préjugés

**BALZAC**
- Eugénie Grandet
- Le Père Goriot
- Illusions perdues

**BARJAVEL**
- La Nuit des temps

**BEAUMARCHAIS**
- Le Mariage de Figaro

**BECKETT**
- En attendant Godot

**BRETON**
- Nadja

**CAMUS**
- La Peste
- Les Justes
- L'Étranger

**CARRÈRE**
- Limonov

**CÉLINE**
- Voyage au bout de la nuit

**CERVANTÈS**
- Don Quichotte de la Manche

**CHATEAUBRIAND**
- Mémoires d'outre-tombe

**CHODERLOS DE LACLOS**
- Les Liaisons dangereuses

**CHRÉTIEN DE TROYES**
- Yvain ou le Chevalier au lion

**CHRISTIE**
- Dix Petits Nègres

**CLAUDEL**
- La Petite Fille de Monsieur Linh
- Le Rapport de Brodeck

**COELHO**
- L'Alchimiste

**CONAN DOYLE**
- Le Chien des Baskerville

**DAI SIJIE**
- Balzac et la Petite Tailleuse chinoise

**DE GAULLE**
- Mémoires de guerre III. Le Salut. 1944 1946

**DE VIGAN**
- No et moi

**DICKER**
- La Vérité sur l'affaire Harry Quebert

**DIDEROT**
- Supplément au Voyage de Bougainville

**DUMAS**
- Les Trois
  Mousquetaires

**ÉNARD**
- Parlez-leur
  de batailles,
  de rois et
  d'éléphants

**FERRARI**
- Le Sermon sur la
  chute de Rome

**FLAUBERT**
- Madame Bovary

**FRANK**
- Journal
  d'Anne Frank

**FRED VARGAS**
- Pars vite et
  reviens tard

**GARY**
- La Vie devant soi

**GAUDÉ**
- La Mort du
  roi Tsongor
- Le Soleil des
  Scorta

**GAUTIER**
- La Morte
  amoureuse
- Le Capitaine
  Fracasse

**GAVALDA**
- 35 kilos d'espoir

**GIDE**
- Les
  Faux-Monnayeurs

**GIONO**
- Le Grand
  Troupeau
- Le Hussard
  sur le toit

**GIRAUDOUX**
- La guerre de
  Troie
  n'aura pas lieu

**GOLDING**
- Sa Majesté des
  Mouches

**GRIMBERT**
- Un secret

**HEMINGWAY**
- Le Vieil Homme
  et la Mer

**HESSEL**
- Indignez-vous !

**HOMÈRE**
- L'Odyssée

**HUGO**
- Le Dernier Jour
  d'un condamné
- Les Misérables
- Notre-Dame
  de Paris

**HUXLEY**
- Le Meilleur
  des mondes

**IONESCO**
- Rhinocéros
- La Cantatrice
  chauve

**JARY**
- Ubu roi

**JENNI**
- L'Art français
  de la guerre

**JOFFO**
- Un sac de billes

**KAFKA**
- La Métamorphose

**KEROUAC**
- Sur la route

**KESSEL**
- Le Lion

**LARSSON**
- Millenium 1. Les
  hommes qui
  n'aimaient pas
  les femmes

**LE CLÉZIO**
- Mondo

**LEVI**
- Si c'est un
  homme

**LEVY**
- Et si c'était vrai…

**MAALOUF**
- Léon l'Africain

**MALRAUX**
- La Condition
  humaine

**MARIVAUX**
- La Double
  Inconstance
- Le Jeu de l'amour
  et du hasard

**MARTINEZ**
- Du domaine
  des murmures

**MAUPASSANT**
- Boule de suif
- Le Horla
- Une vie

**MAURIAC**
- Le Nœud
  de vipères

**MAURIAC**
- Le Sagouin

**MÉRIMÉE**
- Tamango
- Colomba

**MERLE**
- La mort est
  mon métier

**MOLIÈRE**
- Le Misanthrope
- L'Avare
- Le Bourgeois
  gentilhomme

**MONTAIGNE**
- Essais

**MORPURGO**
- Le Roi Arthur

**MUSSET**
- Lorenzaccio

**MUSSO**
- Que serais-je
  sans toi ?

**NOTHOMB**
- Stupeur et
  Tremblements

**ORWELL**
- La Ferme
  des animaux
- 1984

**PAGNOL**
- La Gloire de
  mon père

**PANCOL**
- Les Yeux jaunes
  des crocodiles

**PASCAL**
- Pensées

**PENNAC**
- Au bonheur
  des ogres

**POE**
- La Chute de la
  maison Usher

**PROUST**
- Du côté de
  chez Swann

**QUENEAU**
- Zazie dans
  le métro

**QUIGNARD**
- Tous les matins
  du monde

**RABELAIS**
- Gargantua

**RACINE**
- Andromaque
- Britannicus
- Phèdre

**ROUSSEAU**
- Confessions

**ROSTAND**
- Cyrano de
  Bergerac

**ROWLING**
- Harry Potter à
  l'école des sor-
  ciers

**SAINT-EXUPÉRY**
- Le Petit Prince
- Vol de nuit

**SARTRE**
- Huis clos
- La Nausée
- Les Mouches

**SCHLINK**
- Le Liseur

**SCHMITT**
- La Part de l'autre
- Oscar et la Dame rose

**SEPULVEDA**
- Le Vieux qui lisait des romans d'amour

**SHAKESPEARE**
- Roméo et Juliette

**SIMENON**
- Le Chien jaune

**STEEMAN**
- L'Assassin habite au 21

**STEINBECK**
- Des souris et des hommes

**STENDHAL**
- Le Rouge et le Noir

**STEVENSON**
- L'Île au trésor

**SÜSKIND**
- Le Parfum

**TOLSTOÏ**
- Anna Karénine

**TOURNIER**
- Vendredi ou la Vie sauvage

**TOUSSAINT**
- Fuir

**UHLMAN**
- L'Ami retrouvé

**VERNE**
- Le Tour du monde en 80 jours
- Vingt mille lieues sous les mers
- Voyage au centre de la terre

**VIAN**
- L'Écume des jours

**VOLTAIRE**
- Candide

**WELLS**
- La Guerre des mondes

**YOURCENAR**
- Mémoires d'Hadrien

**ZOLA**
- Au bonheur des dames
- L'Assommoir
- Germinal

**ZWEIG**
- Le Joueur d'échecs